DIE KLEINEN WILDEN

2

[德] 亚奇 · 聂比奇 著 / 绘 庄亦男 译
JACKIE NIEBISCH

上海译文出版社

图字：09-2019-764 号

图书在版编目（CIP）数据

小野人和长毛象. 爷爷的爷爷的妙招 /（德）亚奇·聂比奇（Jackie Niebisch）著、绘；庄亦男译. -- 上海：上海译文出版社，2020.7
ISBN 978-7-5327-8484-4

Ⅰ. ①小… Ⅱ. ①亚… ②庄… Ⅲ. ①儿童故事－图画故事－德国－现代 Ⅳ. ①I516.85

中国版本图书馆 CIP 数据核字（2020）第 088247 号

把这本书献给 J. P.，最狂热的“小野人”爱好者。

当然还有冯樱，感谢她在艺术上对我的支持和鼓励。

目录

午间打盹小陷阱

小野人们坐在草丛里，又在绞尽脑汁制订新的计划，想要抓住肥美的长毛象。

最起劲的，当然要数个子最小的那个小野人了。

“我知道了！”他叫起来，“我们来挖一个用来睡午觉的小陷阱吧。我爷爷的爷爷说过，长毛象到了睡午觉时间就会满心欢喜地跳进大坑里。”

“会心甘情愿地自己跳进去吗？”其他小野人都觉得这难以置信。

“没错！”小个子说，“当长毛象觉得累了，想要睡个午觉，他总是会说，‘我需要找个能躺的坑’，然后就会为自己找一个舒舒服服的大坑，往里面一躺。”

“长毛象会这样？”

“是的，完全心甘情愿。”

“哈哈，听起来真不错！”

大家都很喜欢挖陷阱的这个主意，这样他们连伪装都不需要了，只要在一边等着，等着看长毛象自己晃晃悠悠躺进坑里，打起呼噜，然后就“祝你好胃口”了。

“出发！”小个子最先喊起来。接着，随着一声野性勃发的吼叫——“嗷”，小猎人们出发了。

他们先挖了一个坑，然后找来些苔藓，铺成软软的垫子。他们生怕这么一个小坑不能引起长毛象的注意，特意用白垩土在一旁的大石头上画了个醒目的指示牌：

注意！

长毛象休息处

“现在我们只要躲到大石头后面去，等着长毛象来就可以啦！”

“嘘！他已经来了！”

还真是。长毛象啪嗒啪嗒地晃悠过来，无精打采的。但当他看到指示牌，就一下子兴高采烈起来。

“看，这是什么！”他有点儿惊讶，“太好了！是谁那么关心我的午觉问题！我还从来没遇到过这样的好事！”

长毛象感动得整个象都发起抖来：“特意为我布置了一个休息的地方……”

当然，这个坑实在有些小了。“不过，”他心想，“这不重要。重要的是那份善心。”

可惜周围一个人也没有。

长毛象都没法当面向这个好心人表示感谢。他真的很想表达一下他的感激之情。长毛象小心翼翼地躺了进去，以免把这个小坑弄坏一点点，然后幸福地闭上了眼睛，美美地开始午睡。

“呼……呼……”呼噜声还没响几下，他就被吵醒了。

大石头后面传来四个粗鲁的声音，毫不理会午睡中的长毛象，肆无忌惮地欢呼嚎叫。

“啊呼哈呼！”

欢呼声里能听清楚那么几句话——

“我要最大的那份！”

“不行，那是我的！”

“可是我比你饿得厉害！”

“我的饿有那……么大，比你大得多！啊呜！”

“我觉得，我们最好还是把他公平地分成四份吧……”

长毛象被这些噪音吵得烦不胜烦。

“神圣的冻原啊！”他低声嘀咕，“就不能让他们到别的地方去安排他们的事情嘛！别在我后面吵！”

长毛象不是那种敏感的家伙，他只是往耳朵里塞了一捆草，就准备继续午睡。不过完全没用。四副狂野的小嗓子吵得更激烈了——原因是他们没商量好，那个长鼻子到底归谁所有……

“长鼻子归我！”

“不行，是我的！”

“我说等等！”长毛象愣了愣，然后突然想通了，“哪根长鼻子？！在讨论哪根长鼻子呢？我不会是听错了吧！”

事实是他完全没听错。他们说的就是他那漂亮的长毛象鼻子。石头后面的小野人们正在为这根鼻子吵得不可开交。那个小个子准备一个人独占长鼻子。

“这不公平！”其他人都反对，“那副獠牙已经给你了。”

“那又怎么样？这个挖陷阱的主意是我想出来的！”

“你要长鼻子到底用来干吗？”

“做成一个巨大的猎人帽子……”

“我们可不要什么猎人帽子。我们情愿把它做

成一个浇花用的管子……”

天哪，神圣的荒原野草！长毛象终于忍无可忍。小野人啊小野人，你们够了！我的长鼻子是我自己的！长毛象恼怒地从他的休息处站起身来，铆足劲儿：“嗷呜——”狠狠地对这伙调皮的小混蛋吼了一声。

当小野人们发觉长毛象已经醒过来，还准备送他们一顿温柔的胖揍时，吓得大声呼救，一溜烟地拼命逃跑。

当他们赶到家里，天色已经晚了，大人们早已不耐烦地等在洞口。

“你们能向我们透露一下吗，这么长时间都待在哪儿了？”

“我们一直提心吊胆！”

“真的，非常担心！”

“还有你们摘的那些蔓越莓呢？”

“一只长毛象袭击了我们，”个子最小的那个小野人说，“还抢走了所有的东西。”

“整个篮子？”

“没错！”其他小野人附和道，“就是这样，整个篮子都没了。”

大人们只得和前几次一样训斥道：“这听起来可真有点奇怪！你们少瞎说八道了。作为惩罚，你们今天就睡在……”

“……知道了，就睡在洞穴门口。”

小野人们拖来厚厚的毛皮盖毯，一股脑儿地钻进自己柔软蓬松的盖毯里。

他们又聊了一会儿天，为第二天制订了一千个新计划，就一个接着一个沉入香甜的梦乡。

“晚安！”

“睡个好觉！”

“你也是！”

“呼呼。”

棕色的大山坡

关于长毛象的各种事，小野人们已经有了相当深入的了解。一只长毛象吃些什么干些什么，他们都搞得清清楚楚，甚至还能在洞穴的岩壁上完完整整地画出一只长毛象来。

“不过呢，要成为一个伟大的长毛象猎人，”个子最小的那个小野人说，“还有很长的路要走。很长很长很长！因为我们不仅得深入了解，还要从上向下俯瞰全貌！”

要解决这个问题，爬到一座高高的山坡上才是最好的办法。这样就能从远处把整个长毛象看个清楚。

“嗷！”小野人们又吼叫起来。

“我们这就干起来！”

他们抓起一根长矛就迫不及待地上路了，二话不说就开始攀登离他们最近的那座漂亮的大山坡，又大又圆润的棕色山坡。

“这是一座什么山呢？”小野人们你问我我问你。他们还从来没见过这样一座山，孤零零地耸立在大荒原的草丛中，整座山都毛茸茸的。

“答案简直就像一碗山丘汤一样清亮明晰。”小个子大声说，“这是一种典型的棕色荒原山丘。非常适合攀爬，作为制高点观察长毛象。大家快出发吧！”

山坡上到处生长着棕色的野草，就好像乱蓬蓬的毛发。小野人们紧紧抓着这些草，在这座肥硕的棕色荒原山丘上一步步向上爬。

他们爬上了最高处，开始朝各个方向张望。不过不管他们怎么伸长脖子到处看，连一丁点儿长毛象的踪影也没有发现。

这时，那个小个子突然想起了什么：“我爷爷的爷爷说过，凭借一根瞭望杆就能看得更远了。”

于是小野人们拿来了他们的长矛，高高竖起在山坡最高处。大家牢牢地抓住杆子底部，以防它倒下来。小个子就双手交替地爬了上去。

“你看到什么了吗？”其他人朝上面喊。

“当然！”小个子在杆子顶端回答他们，“我看到了无限远的远方……”

其他小野人继续对他喊：“长毛象呢？你已经看到他了吗？”

“嗯！我觉得我看到他了。那后面……在遥远的地平线上……无比好吃！径直朝我们走来……”

“怎么朝我们走来？”

“煎得香香的，还配着洋葱圈……”

其他人听了都激动起来，竭尽全力牢牢抓住长矛，保证小个子不会掉下来摔在这摇摇晃晃的山坡上。

“你们发觉没有？这座山坡不光会晃动，还软软的、热呼呼的，不奇怪吗？”

“是啊……还那么圆润，简直就是长毛象的背。”

“这不是长毛象的背！”上面又有声音传了过来，“这是一个棕色的脊背山丘！你们得好好记住这个学名！”

“可是它一会儿变高，一会儿变低，好像这整座山都在不断深呼吸。”

“如果它会变高变低，那么它就是一座棕色的沼泽状山丘。”

“沼泽状山丘？”其他小野人不解地问。

“没错。我爷爷的爷爷说过，这种山丘会不断升高降低。他说，它会随着水势一会儿鼓起来一会儿缩回去，就和潮汐一样，所以非常适合作为瞭望台。当然啦，涨潮的时候是最好的了。”

话说这座棕色的沼泽状山丘想到马上要睡午觉了，心情非常好。像这种棕色的、会起起落落的山丘需要充足的睡眠。所以他决定，先忽略背上的小野人，继续睡觉。

“听呀！”小野人们突然叫起来，“我们的瞭望山丘不仅会呼吸，它还会打呼呢，就像一只活生生的长毛象！”

“这不是什么长毛象！”小个子仍旧坚持自己的意见。他怎么会不知道呢？只有他才是能看得最远的山丘专家，其他人都不是！

“那呼噜声是从哪里传出来的呢？”而且这呼噜声听起来还越来越气急败坏。

“这是那些遍地丛生的棕色呼噜草发出的声音。仔细看，整座山都被这样的草覆盖——所以这是一座典型的棕色沼泽状呼噜草山丘！”

好吧，神圣的冻原啊！这觉实在没法睡了。这个沼泽状呼噜草山丘准备用呼噜声好好警告一下这些小野人。怎么能在他敏感的背上嬉笑玩闹呢！他们简直把那儿当成了游戏场了！

最先随着呼噜声升起来的，是他身体的后半部分。扑通——扑通——小野人们便一个接着一个，摔到了荒原地面上，“救命”、“哎哟”的叫声此起彼伏。

紧接着，他身体的前半部分也呼噜呼噜地抬了起来，露出相当闷闷不乐的脸和长鼻子。他用长鼻

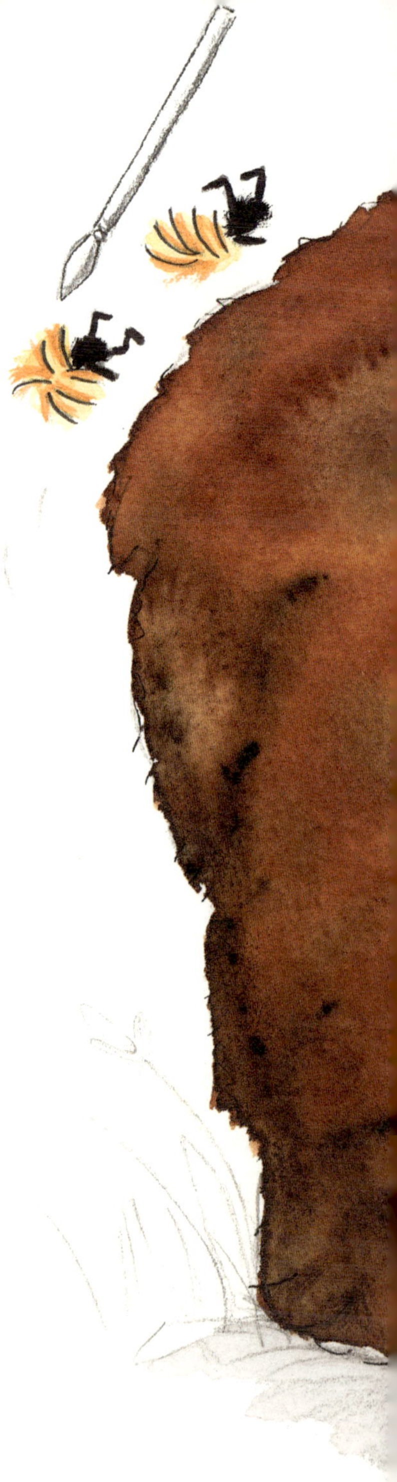

子狠狠地训了小野人一顿，把他们吓得一溜烟跑出老远。

大山坡整个儿站了起来，四条腿支撑着庞大的身躯。他无精打采地拖着四条腿朝别处去了，准备为自己重新寻觅一块安静的地方。这是所有“棕色荒原山丘”都会干的事情。

“看到吧，这就是长毛象！”其他小野人说。

不过小个子今天怎么都不会承认是自己搞错了。他坚持，眼前这个不是真正的长毛象，而是一座罕见的、会走动的棕色呼噜草山丘。

其他人都忍不住大笑起来。

当小野人们大半夜里回到家的时候，大人们还站在洞口等候他们，面有倦色地留意着他们的动静。

“你们这是从哪里冒出来的，你们这些熊孩子？我们难道没说清楚吗，只是让你们去采些莓子？长矛呢？被你们丢哪儿去了？为什么你们看起来又是这么一副逃兵的样子？”

“长毛象把自己伪装成了一个棕色的大山坡，”个子最小的那个小野人说，“等着我们掉进陷阱。”

“太卑鄙了！”

“就是这样！”其他小野人都附和道。

“这事听起来可有点奇怪！好了，我们已经为你们准备好了。”说着，大人们就把厚厚的毛皮盖毯塞进了他们手里。他们又得在洞穴门口睡觉了……

小野人们舒舒服服地爬进了毛皮盖毯。他们聊了一会儿天，又想了一千个抓长毛象的新计划，然后便沉入了香甜的梦乡。

“晚安。”

“好好打个呼。”

“你也是……”

“明天我们再出发……”

“哈，我们就要有一块好吃的呼噜草山丘象排啦！”

“吧唧吧唧。”

活蹦乱跳的冬天

一到冬天，小野人们就再也不会感到无聊啦。他们觉得自己浑身都是劲儿，整天欢快地在雪地里跑来跑去，嬉戏玩耍。

不过对长毛象来说，情况就正好相反了。今天一整天，他都觉得心里气鼓鼓的，烦躁不安，好像总有哪里不对头。可其实今天是个天气极好的日子。

“可能是我自己的原因吧。”长毛象嘟嘟囔囔地对自己说，“有可能。好吧。”

对于年纪小的人来说，冬天是非常美好的季节。冬天就是属于孩子们的，他们不用为自己僵硬的老骨头而提心吊胆，尽可以随心所欲地在雪地里疯跑、打闹。

而这些对长毛象来说，已经是很久远的事了。再说他也不想让自己在大庭广众下出丑，被人笑话。

小野人们在覆盖着积雪的小山坡上爬上滑下，跳跃打滚翻跟头，还踩着滑雪板或是溜冰鞋做出各种高难度动作。

长毛象却不得不时刻注意着，在寒风中保护好自己僵硬的老寒腿，还不能运动过度在雪地里出太多汗，以免伤风感冒。

当长毛象正在为这些事情烦不胜烦的时候，小野人们朝他跑了过来。

“嗨，你好！”小野人们向他问好。今天他们一点儿别的想法也没有，既不想捕猎长毛象，也不想吃掉他，只想邀请他一起玩，来参加他们的冬季奥林匹克运动会。

所有人都必须参加，这是他们制定的游戏规则。这样的话，除了他们，大家也都有机会得到金牌。

比如说打雪仗项目，就非常需要新选手加入。

“对不起，”可长毛象说，“玩这个我年纪太大了。”

好可惜。

“那跳跃助跑滑雪呢？”

“也太老了。”

“障碍滑雪？”

“还是太老了。”

“单腿冰上舞蹈？”

“太太太老了。”

“滑雪橇？”

“嗯……还是太老了。”

“不管玩什么项目都太老了？”小野人们很惊讶，“你到底几岁了？”

“这个，我究竟有多老了……”长毛象努力回想，终于想起些什么，“我知道了！我都已经忘记我几岁了！”

他倒是真的很想知道，自己究竟有多少岁了。不过，怎么样才能知道呢？

“很简单。”个子最小的小野人大声说，“我爷爷的爷爷说过，如果你想知道自己具体多少岁了，只要把来的路重新走一遍就可以了，数数地上到底有多少个脚印。”

这倒不难。整个荒原被厚厚的积雪覆盖，正适合回过头去数地上的脚印。

“好吧，那我就去看个究竟。”长毛象嘀咕着啪嗒啪嗒走开了。

小野人们担心长毛象岁数太大，足迹长得看不到尽头，得用很长很长的时间才能数清楚脚印，这样一来，他就要错过整个冬季奥林匹克运动会了。

于是他们想出了一个好主意——他们从沿途的冷杉树上摇落了许多积雪，雪落在地上盖住了长毛象的大脚印。这么一来，长毛象的足迹往前数了十多步就没有了。

“这么短呀，我走过的路！”长毛象吃了一惊。

这完全出乎他的意料，他不太自信地下了个结论：“看来我还是一个孩子啊！”这个想法，让他的双颊都放出了光彩。

长毛象又稍稍思考了一下，难道是算错了？他将信将疑地又从头数了一遍：“……七个脚印，八个脚印，九个脚印……噢，天哪！我甚至还只是个小小孩！”

突然间，他觉得自己什么都可以做了。

滑冰、打雪仗、障碍滑雪……

他开始旁若无人地撒起欢来，赢了一个项目又一个项目的金牌。他都不知道自己有多久没有这样放肆地玩耍了，简直停都停不下来。

谁滑行了最长的距离，谁堆了最高的雪人，谁把雪球扔得最远，谁的冰上跳舞跳得最美——

小野人们突然意识到，冠军永远都属于一个人：长毛象！

“不公平！”他们叫起来，“你比我们大好多，也强壮好多。”

长毛象并不这样认为：“我也还是个孩子！就这么简单！”

“你不是孩子了。”小野人们告诉他。

“为什么我不是孩子？”

“因为你的脚印其实很长很长。”

“是的，长毛象！”个子最小的那个小野人说，“一直都很长很长。刚刚你看到的脚印这么短，是因为我们用雪遮掉了。”

“用雪遮掉？”

“是的，我们想要说服你和我们一起玩嘛！没人说过不能这样做吧？”

说着，所有人都跑向了冷杉树。树背后果然又发现了长毛象的脚印，一个大脚印连着一个大脚印，

一直通向看不见的远方。

“就是这儿！”

小个子用戴着手套的手朝地上指了指，大声说道：“那么大的脚印，到处都是。肯定不是我们的，我们的脚都好小好小。”

“啊，是我的脚印，这么大……”

长毛象抬起头朝来的路望去，只见大脚印一直延伸到远方，翻山越岭，直到消失在地平线上。

“你看到了吗，长毛象？你已经不是孩子了。你其实比你以为的要老得多。”

“是啊……”长毛象沉默了一会儿，很快又回过神来，露出善解人意的表情。他抖了抖脑袋上的雪，有些难为情地喃喃自语了几句，就沿着来时的路走了回去。

他拖着有些沉重的步伐，把脑袋垂得低低的，因为他有些近视，这样才能数清楚自己的脚印。

夕阳下，小野人们目送着他庞大的身躯，一直走，一直走……

等小野人们着急地往家里赶的时候，月亮已经升起来了。还好，他们要返回的路程比长毛象的短多了。不过，等在洞口的大人们的训话，倒是长得很。

“你们能向我们透露一下吗，为什么这么晚回家？大冬天的！你们怎么没把你们的鼻子给冻掉？我们一刻都没合眼，一直在担心你们。作为惩罚，你们明天哪儿都不许去，就在家帮着铲雪吧！”

哆哆嗦嗦的小野人们舒舒服服地钻进了篝火边的毛皮盖毯里。他们又聊了一会儿天，为第二天的捕猎行动构思了一千个新计划，然后一个接着一个沉入酣睡。

“晚安。”

“你也一样。”

“做个好梦……”

“不知道长毛象是不是已经走到了？”

“呼呼……”

谁抽中了最坏的那根签……

当时小野人们正在落雪的山里走着，不知怎么就大吵起来。个子最小的那个小野人信誓旦旦地向他们保证过，长毛象很快就会来。可现在他们饿得都想要吃人了，美味的长毛象还没有出现！

“嗯，长毛象到底来了没有呢……”小个子说，“在那儿！地平线的后面！我已经看到了……”

“好吧，可是他到底什么时候过来？”其他小野人都追着他问，“还没等到他来，我们早就饿死了！”

“别担心，马上就来了。”

不过这一回，小野人的饥饿感比任何一次都要汹涌。他们饿得都失去理智了，竟然互相把对方看成了长毛象大腿排。

“啊哇！你干什么咬我！”

“啊呜！因为你是我见过的最鲜嫩多汁的长毛象腿，啧啧！”

“不，你才是！你看看你自己！”

“不过你看起来比我有嚼劲，啊呜。”

“你说的是什么，是我吗？啊哇！”

小野人里爆发起一场混战。他们打作一团，每个人都想从对方身上咬下一大块可口的鲜肉。

“等等！”个子最小的长毛象腿叫了起来。

“我有个更好的主意！我的长毛象腿——哦不，爷爷的爷爷——曾经说过，如果有四只饥饿的长毛象腿吵起来了，那就应该通过抽签来决定吃掉谁。”

“抽签？嘿，听起来不错。”其他人都觉得这个主意不坏。

“我们最好找四根草茎来。”

“谁抽到了最短的一根，谁就得允许别人把自己吃光。”

可他们的运气不够好，到处都是厚厚的积雪，一根草茎的影子也找不见。

“就不能找点儿别的东西来吗？”饱受饥饿之苦的小长毛象腿们着急地问。

“当然可以啦！”个子最小的长毛象腿说，“规则保持不变就可以了。”

可是在冬天的一片萧索之中，什么东西都找不到。不管是草茎，还是小木块，还是树枝什么的。

“要不，要不我们换一些完全不一样的东西？比如说……就用我们自己？谁是最短的长毛象腿，我们就吃谁吧。”

听到这个建议，绝大多数的小长毛象腿表示非常赞同——

“好啊，这样最快了！”

“也最简单！”

个子最小的长毛象腿当然不会同意这个馊主意。绝对不行。

就在这最危急的时候，小个子长毛象腿突然指着天空喊：“快看，天上……”

“天上有什么？”

“下雪了！”

“下雪又怎么了？我们能吃雪吗？”

“不是……我是说，我们可以看看谁拿到了最短的雪花……？”

但是事态已经无法扭转了。

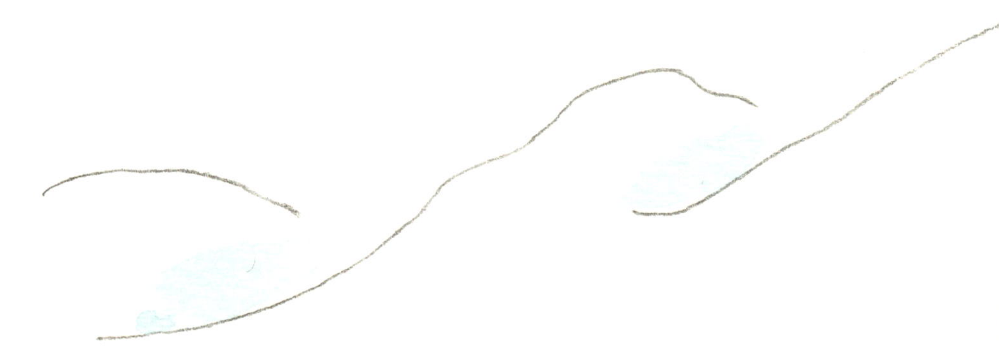

大家不愿意抽什么雪花，他们还是决定，就把那鲜嫩多汁的小个子长毛象腿吃了算了。多浇点儿调料汁，再配点儿洋葱圈。

“再等一下！”小个子恳求道，“我爷爷的爷

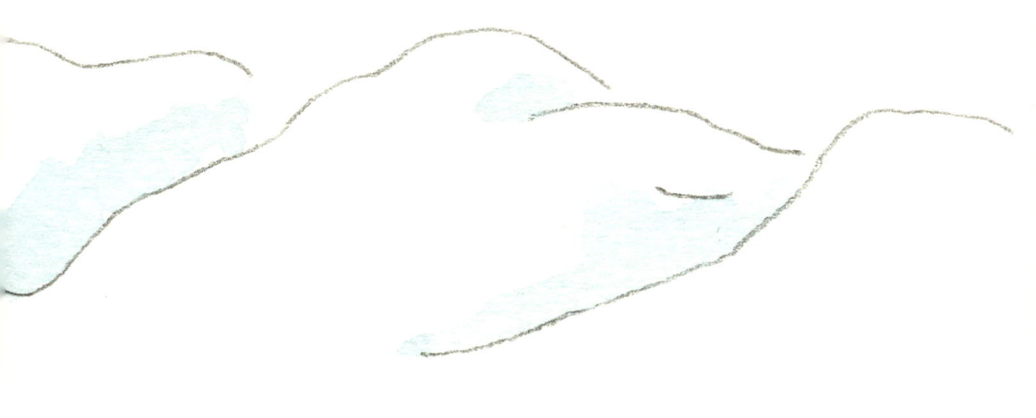

爷说过，每只即将要被吃掉的长毛象腿，都可以做一次告别演说。”

“好吧好吧。”其他小野人七嘴八舌地说，“不过你抓紧点儿！我们都饿得不行啦！”

但是，最短的长毛象腿当然是不会去努力抓紧时间的。

正相反，他的告别演说超级超级长，是有史以来所有要被吃掉的长毛象腿所做的演讲中最长的一次，一次看起来完全不像要结束的演讲，没完没了。最后所有人都再也忍受不了了，嗷嗷叫着，冲了上去。

就在这个时候，雪原上出现了一个庞然大物，像耸起的山丘般强壮，却又对噪音特别敏感。所有咆哮着的鲜嫩多汁的小象腿排顿时都静止了——原来是世上最大的长毛象腿出现了！长毛象本尊！

巨大的长毛象挡在小野人面前，并没有向他们问候什么“祝你胃口好”，而是劈头盖脸一顿训斥！那些或长或短的腿排，连同酱汁配菜，瞬间消失得

无影无踪。小野人们终于恢复了神智。

“还想着吃长毛象腿呢！有这样的想法，哪怕是不懂事的小孩子，也太过分了！如果你们饿了，就去吃点炖豆子吧！或者一碗热的胡萝卜泥！”

“胡萝卜？”

突然小野人们不那么饿了，只是被一阵疲劳击倒，所有人都一下子倒在雪地上。这个样子的小野人看起来非常柔弱，急需有好心人伸出援助之手。长毛象的同情心又泛滥了。他用长鼻子把小野人们一个个都弄到自己背上，载着他们来到了他们的家附近，才把他们放下来。

焦急的大人们已经等在洞口了。当累得眼睛都睁不开的小野人出现在他们面前的时候，他们都忍

不住埋怨起来：

“噢，你们这是从哪里冒出来？我们为你们提心吊胆了那么久！你们怎么不怕自己冻死饿死？！”

小野人们累得连回答的力气也没有。他们喝完了一大碗热汤，立刻飞快地钻进又厚又大的毛皮盖毯，睡着了……

“呼噜……呼噜……”

“呼噜……呼噜……”

“呼噜……呼噜……”

“呼噜……呼噜……”

大人们的郊游

在一个美好的夏日早晨，当小野人们还在毛皮盖毯里舒舒服服地蜷缩着，大人们已经是一副兴高采烈的样子了。他们爬出自己的毛皮盖毯，伸伸懒腰，互相问候：“早上好。”

“发生什么了？”小野人们被大人们弄出的噪音吵醒了，完全摸不着头脑。

“我们爸妈为什么那么早起来？”

“是啊，还心情这么好！”

“还吹吹口哨，哼哼远足小调……”

“看起来好像要到哪里去……”

当大人们集合在洞穴门口的时候，小野人们偷偷爬出盖毯，溜到门口，忍不住问他们：

“你们有什么计划吗？你们要去哪里？”

“我们？我们只是去附近小小地郊游一次。我们很早就有这样的想法了。”

“那么那些篮子呢？”小野人们问，“你们带这些篮子做什么用呢？”

“我们带着上路，顺便去采些莓子和坚果，把因为你们而耽搁掉的份儿也补回来。”

这可真是小野人们没预料到的。

“那我们呢？”他们很想知道，“我们怎么办？”

“你们就待在家里，看守好我们的洞穴。”

“看守……洞穴？”

“没错。能稍微打扫一下当然更好。比方说，首先你们可以把那些钟乳石擦擦亮，把木头餐盆洗洗干净。”

可小野人们觉得这些听起来太没劲了。

好在父母们向他们许诺：

“作为奖励，我们会给你们带蔓越莓回来，做最大份的蔓越莓麦片粥。再带点坚果，可以做奶油焗榛子……”

“嗯嗯……”

光是听到这些词，小野人们就已经能够想

象出那种美好的味道了。他们立刻感到胃口大开，就想马上来一顿鲜甜美味的大餐。

“那你们什么时候回来呢？”他们迫不及待地想知道，“你们会在外面待很久吗？”

“嗯……啊……不会很久。”大人们向他们保证，“我们只是到莓果谷逛一圈，收割几株小灌木，然后就回来啦！”

大人们走了没多久，小野人们就等得不耐烦了。刚到午饭时间，他们就忍不住要到洞穴门口去侦察情况，看看大人们回来了没有。

“他们到底在哪里磨蹭啊？”

“已经下午了，爸妈们还没回来。”

“他们现在究竟在什么地方？”

“他们总不能永远待在那儿不回来吧……”

“篮子应该已经装得满满的了吧……”

他们等啊等，直到傍晚。连太阳都已经下山了，还不见大人们的踪影。

“等着吧！”小野人们气鼓鼓地嘀咕，“等他们回来看我们怎么说他们！”

终于，终于，大人们披着月光，唱着歌，吹着口哨，出现在了洞穴门口。迎接他们的，是小野人们暴风骤雨般的批评——

“你们这是从哪里冒出来的？”

小野人们七嘴八舌地谴责他们。

“我们忍饥挨饿，还要担心你们的安危。”

“一点儿都不负责任！”

“就是！”

“我们是小孩子，我们又不是你们！”

“我们差不多就要饿死了……”

大人们觉得纳闷：“灶上不是还有胡萝卜干嘛……”

“还有腌黄瓜。”

“好吧，那说好给我们做麦片粥的蔓越莓呢？还有用来做焗榛子的榛子呢？”

“噢，对不起……”大人们显然并没有带回来这些东西。

“什么？没有？”

“一只长毛象袭击了我们，吃光了我们所有的东西。我们好不容易才把篮子抢救回来，是吧？”

“没错！”

其他去采果子的大人们一起附和道。

“就是这样！”

“你们太坏了！”小野人们大声抱怨，“不是说好给我们打包莓子回来的嘛，不是吗？！”

“大概是你们自己吃了吧！那么作为惩罚，你们今天……”

“……所有人都睡在洞穴门口！”大人们齐声回答。

他们立刻回去拿出了自己的毛皮盖毯，在外面铺了一大块露营地。他们拖着疲惫的双腿爬进被窝，互相道“晚安”，便一个接着一个进入了香甜的梦乡。

“现在他们也可以尝一尝受惩罚的滋味了！”小野人们说。

不过，其实有一个惊喜在

等待着他们——

“你们快看，厨房里！”

“都是蔓越莓！还有黑莓！”

“还有坚果，够我们吃的了！”

“噢，其实他们是骗我们的……”

“嗯！他们还是给我们带了好吃的！”

“嗯……太好吃了！”

小野人们吃饱以后，也抱来他们的毛皮盖毯，跑到洞口，躺到爸妈们身边，面向星空，舒舒服服地睡下了。

“晚安！”

“做个美梦。”

“他们到底还是给我们打包了莓子……”

“我就说嘛！”

说着说着，大家就都睡着了。

没人惦记的小野人

一天晚上，小野人们又很晚才回到家，可令他们感到惊讶的是，大人们根本没有像往常那样在洞穴门口等他们。没有人迎接他们，没有人等待他们回家，没有人担心他们的安危，也没有人来把他们狠狠教训一顿。小野人们立刻担心起他们的爸妈来了。

“这可真是奇了怪了。”他们心想。

“真的有点不正常啊。”

他们的洞穴里没有一丁点儿声音，散发着阴森森的气息。从里面也没透出一丝光亮，原本熟悉得不能再熟悉的洞口，这会儿看起来像一张撕裂着的黑洞洞的大嘴。

“喂……喂……”他们还没走到洞口，就朝里面呼喊了起来，“有人在家吗？”

洞穴里却没有传出回答。

“难道发生什么事了？”小野人们不禁开始胡乱揣测。

“发生什么可怕的事了？！”他们突然感到了恐惧，战战兢兢地加快了脚步，一个紧挨着一个，从洞口溜了进去。个子最小的那个小野人鼓起所有的勇气，第一个朝洞穴的黑暗深处探头望去。他的头还没完全伸过去，就“呼”的一声惊叫起来，紧接着就像被闪电击中一般，猛地把头缩了回来。

“看到什么了？是什么？”其他小野人迫不及待地问。

小个子摇着脑袋，无法相信眼前的一幕：“怎么可能！”

“到底是什么？”

“刚才我眼前那令人难以置信的一幕是，大人们居然在……”

“他们怎么了？”

“他们……他们……”

“你快转过来好好对我们说清楚……”

“他们……他们在睡觉。睡得可安稳了！”

“噢——不！”

“真的。他们睡得又香又甜。”

“让我们看看！”

其他小野人也都想把洞穴里的场景看个究竟。

他们点起了火把。在火光的照耀下，洞穴里的一切清清楚楚真真切切：地板上倒着好几个空蜂蜜酒酒罐。酒罐旁横七竖八地躺着他们的爸妈，一个

比一个睡得香。

“绝对不可能！”

“你们看看他们。”

“睡得这么熟，一丁点儿也没有想到我们！”

“太坏了！”

“他们把我们生到这个世界上以后，就不在乎我们了，不管我们身上发生了什么事。”

“你们能想象吗，我们之前还差点儿被一只长毛象吃掉！”

“对！你们想象一下那场景！”

“他们还在这里睡得那么舒服……”

“我们完全有可能已经被吞进长毛象的胃里了，被咬成一小块一小块，嚼得碎碎的……”

“可是他们呢？从头到尾在这里打呼”

小野人们简直无法接受这个事实——

“我们再也不踏进这个洞穴一步了！”

“从现在起我们已经没有家了！”

“我们是被放逐的人……”

“无家可归的孤儿……”

“随时随地可能沦为别人的猎物……”

小野人们已经入戏太深：“如果他们愿意这样，我们的父母们！那好吧，你们会如愿的！”

“我建议，”小个子说，“作为惩罚，我们就让长毛象把我们吃掉吧！”

“对，我们现在就去！”

“没错，就这样。”

他们已经没有别的选择了。

小野人们决绝地离开了这个冷酷无情的洞穴，径直往长毛象休息的地方去了。

那地方幸好就在相邻的山谷里，没多久，小野人们就看到了月光下长毛象那肥硕的身躯。他正舒舒服服地躺在一个大坑里，均匀安稳地打着呼噜。小野人们冲上去拉拉他乱蓬蓬的毛发，对他

喊道——

“嘿，长毛象！长毛象！你能醒过来帮我们一个忙吗？”

“嗯……哎……什么呀？”长毛象迷迷糊糊地咕哝了一声。

“请你快醒醒……”小野人们又重复了一遍。

长毛象好心地醒了过来，只是整个象看上去睡得有点变形。他想不通这些小野人大晚上的来找他干什么。难道又是什么狡猾的陷阱？

“不是，不是。”小野人们让他放心，“正相反，我们要请你把我们吃掉。”

长毛象想，他大概是听错了。

“什么？我应该把你们吃掉？”

“是的！”小个子大声说，“请把我们吃了吧——马上！之后，也就是你把我们都吃掉以后，请你一定要把剩下的部分收集好，均匀地撒在路边。”

“剩下的部分？”长毛象不明白地摇摇脑袋。

“比如说我们的鞋子、穿的兽皮、一小撮鬈发什么的。”

“或者一个耳朵！”

“你也可以隔开一点儿距离就在地上插一个耳朵。”

“插一个耳朵？”

“是的，随你喜欢好了。关键是，你要让我们的父母能尽快发现。然后他们就会后悔了，后悔为什么没有好好关心我们。他们会永远处于悔恨之中，没有我们的陪伴，孤独地入睡……”

长毛象觉得这一切都很不可思议。

可小野人们觉得这是最好的主意。他们每个人都希望立刻能从自己身上剩下点儿什么，然后撒到路边去——

“我要把我的小脚趾都撒出去……”

“不错，我希望是人脚趾……”

“还有我，我要再加上一个耳垂……”

为了避免混乱和争执，个子最小的小野人毫不犹豫地自荐为“残羹首领”。

“我提议，”他说，“我们先来制订一个抛撒计划。”

“胡闹！”长毛象听得直摇大脑袋，不容置疑地做了决定，“我不会吃你们的。就这样！”

小野人们央求道——

“求你了！就吃一个星期好了。一个星期肯定够了！”

“不行！一个星期也不行！”

“要不就一天？”

可是长毛象是非常顽固的。他的原则就是绝对不吃可怜的小野人。他也不习惯做那样的事——吃完了小野人把剩余的部分按照一定的间隔撒到路边去。

他唯一按照一定的时间间隔所做的事情，就是每天规律的午睡。还有就是每天最美好的晚间休息时光。

他现在就想立刻把这件事继续干下去。

他“哇”的一声，很响地打了个哈欠，“哗”一下翻了个身，说了句“晚安”，就闭上了眼睛。

“真倒霉。”小野人们闷闷不乐地想，只得拖着没被吃掉的身子，重新踏上回家的路。

不过这可不是什么倒霉的事，长毛象干了一件大好事。

因为之后他们自己也会庆幸，还好身上所有的部分还都留在原来的位置上。

同时感到无比庆幸的，当然还有他们的父母。这会儿，他们早已从熟睡中醒来，已经齐刷刷地站在洞穴门口了。其实他们睡到一半就醒了，因为想起了小野人们。发觉孩子们不见了，他们就开始到处寻找。

现在看到他们回来了，大人们终于如释重负地喊道——

“啊，孩子们！你们回来了！”

“终于！”

“你们让我们担了多少心！”

说着，他们就满心欢喜地把孩子们搂进怀里，十分抱歉地说：

“我们喝了太多蜂蜜酒了。”

“喝完就上头了。”

“然后就困得要命。”

“这种事不会再发生了。”

于是小野人们又高兴了，感觉自己又回到了温暖的家。

他们冲进厨房，每个人都给自己盛了一大碗蒲公英汤，一大块焗榛子，还有一份蘑菇炖肉片和一盘蔓越莓奶油。

吃完喝完，他们舒舒服服地钻进了又大又厚的毛皮盖毯。他们又聊了一会儿天，为第二天制订了一千个新的计划，就感觉到非常累了。当他们差不多要睡着的时候，大人们走了进来。他们抚摸着小野人们的脸颊，轻声说：“全世界唯一爱你们爱到想把你们吃到肚子里的……”

“……就是你们。”

小野人们咕哝了一句，就深深沉入了甜蜜的梦乡。